Este libro
pertenece a:

_____

_____

Anctil, Gabriel
    Mi restaurante preferido / Gabriel Anctil ; ilustradora Denis Goulet ;
traductor Jorge Eduardo Salgar Restrepo. -- Editora Mireya Fonseca Leal.
-- Bogotá : Panamericana Editorial, 2015.
    32 páginas : ilustraciones ; 20 cm.
    Título original : Mon restaurant préféré.
    ISBN 978-958-30-4638-4
    1. Cuentos infantiles franceses 2. Familia - Cuentos infantiles
3. Vida cotidiana - Cuentos infantiles 4. Restaurantes, cafeterías, etc.
- Cuentos infantiles I. Goulet, Denis, ilustradora II. Salgar Restrepo, Jorge
Eduardo, traductor III. Fonseca Leal, Raquel Mireya, editora IV. Tít.
I843.91 cd 21 ed.
A1467750

                CEP-Banco de la República-Biblioteca Luis Ángel Arango

Mi restaurante favorito

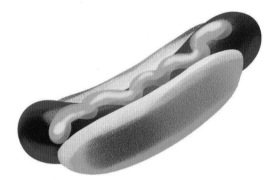

Primera edición en Panamericana Editorial Ltda.,
marzo de 2015
Título original: *Mon restaurant préféré*
© Dominique et compagnie
© 2014 Panamericana Editorial Ltda.,
de la traducción al español
Calle 12 No. 34-30, Tel.: (57 1) 3649000
Fax: (57 1) 2373805
www.panamericanaeditorial.com
Bogotá D. C., Colombia

Editor
Panamericana Editorial Ltda.
Edición
Mireya Fonseca
Traducción del francés
Jorge Eduardo Salgar
Diagramación
Jonathan Duque, Martha Cadena

ISBN 978-958-30-4638-4

Impreso por Panamericana Formas e Impresos S. A.
Calle 65 No. 95-28, Tels.: (57 1) 4302110 - 4300355.
Fax: (57 1) 2763008
Bogotá D. C., Colombia
Quien solo actúa como impresor.

Impreso en Colombia - *Printed in Colombia*

Mi restaurante favorito

Gabriel Anctil • Denis Goulet

PANAMERICANA
EDITORIAL
Colombia • México • Perú

Papá viene a buscarme
a la guardería.

"Es **la fiesta** de mamá.

Iremos a un restaurante", me dice.

Emilio y mamá ya están allí. No se parece a mi restaurante favorito. Hay mucho ruido y las personas hablan duro.

"¡Es un restaurante italiano!", se emociona Emilio.

La decoración es
bonita. Hay fotos
de autos de carreras
y de jugadores de fútbol.

10

A los italianos
les gustan
**LAS MISMAS
COSAS QUE
A MÍ.**

Tengo **mucha** hambre.

Quiero comer **DE INMEDIATO**

un perro caliente y papás fritas.

12

Mamá ríe y papá dice:
"Acá hacen las mejores pizzas de la ciudad".

El mesero viene a
nuestra mesa.

Pizza
Campagnola
y espaguetis
para toda la
familia.

Papá pide: "Pizza campagnola e
spaguetti per tutta la familia".

Emilio y yo nos reímos. El mesero
parece haber comprendido todo.

Corro hacia la sala de juegos, y tropiezo

16

con un mesero que sostiene una enorme torre de platos.

17

Papá me atrapa y me lleva a nuestra mesa.

"Acá no hay sala de juegos", dice papá.

DETESTO quedarme sentado sin hacer nada. Lanzo patadas bajo la mesa.

Emilio comienza a gritar: **"¡Ay!"**.
Papá me cambia de puesto.

Quiero regresar a mi puesto.

ME LEVANTO DE UN SALTO y derramo un vaso de agua.

El pantalón de mamá está empapado.

Emilio cree que es divertido, pero papá no tiene ganas de reír.

"Si no te calmas, NOS VAMOS", me dice con rabia.

21

Tengo DEMASIADA hambre, pero hay muchas verduras y ya no quiero comer nada.

A los demás parece
encantarles.

Pruebo un pedacito
de la pizza antes de que se acabe.

¡Hum! ¡Es superbueno!

Ya estoy listo
para irme,
pero mamá
me retiene:

"Espera, falta el postre".

Emilio me lanza
una bola de
papel. La recibo
en toda la frente.
Grito:
"¡DETENTE!".

Me subo a la mesa, la cual
comienza a temblar peligrosamente.

Papá me sienta en la silla. Le lanzo un pedazo de salchicha a Emilio, el cual aterriza sobre la cabeza de un viejito.

El viejito me dice muchas
palabras graciosas en italiano.

27

Finalmente, nos vamos sin comer el postre.

Yo me hubiera quedado otro rato. ME ESTABA DIVIRTIENDO y comenzaba a aprender palabras en italiano.

¡Espero que regresemos pronto a mi restaurante favorito!

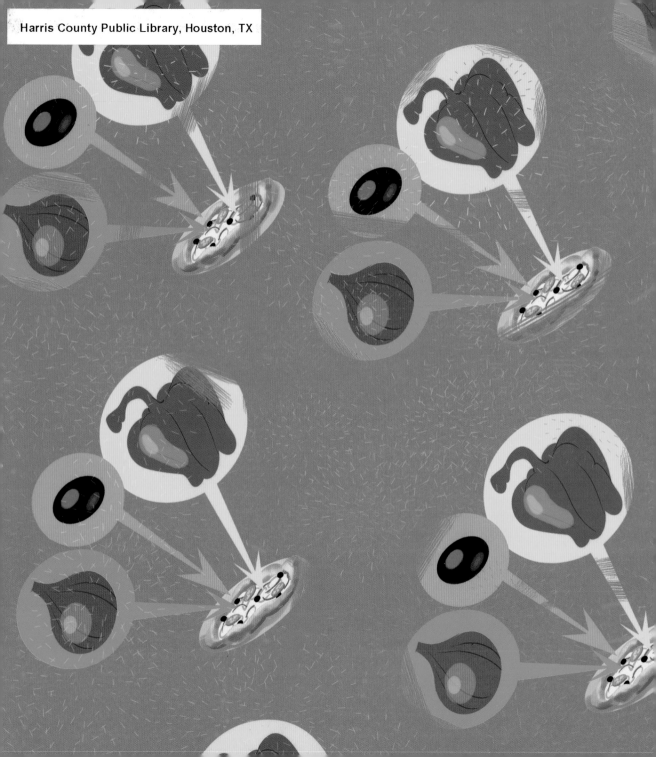